Ababú,
a GHÚGAÍ!

CHRIS HAUGHTON

Gabriel Rosenstock a d'aistrigh

Tá Anraí ag dul amach.
"Beidh tú go maith, a Ghúgaí?"
arsa Anraí.

"Beidh," arsa Gúgaí.
"Beidh mé an-mhaith ar fad."

Tá súil agam go mbeidh
mé go maith,
arsa Gúgaí leis féin.

Feiceann Gúgaí
rud éigin
sa chistin.

Cáca!
Dúirt mé go mbeinn
go maith, arsa Gúgaí leis
féin, ach is BREÁ liom cáca.

Cad a dhéanfaidh Gúgaí?

Ababú, a Ghúgaí!

Cad atá feicthe anois
ag Gúgaí?

Cat!
Dúirt mé go mbeinn
go maith, arsa Gúgaí
leis féin, ach is BREÁ
liom a bheith ag spraoi
le Cat.

Cad a dhéanfaidh Gúgaí?

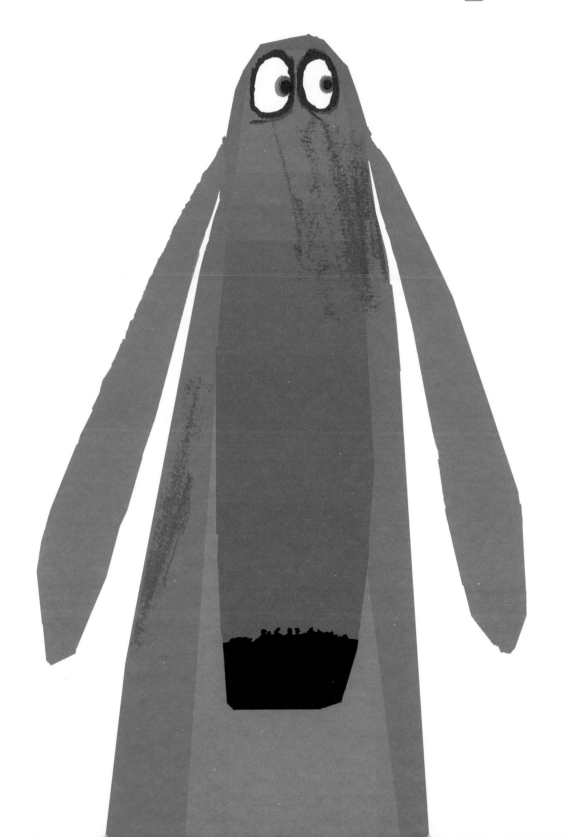

Ababú, a Ghúgaí!

Cad atá feicthe anois
ag Gúgaí?

Cré dheas!
Dúirt mé go mbeinn
go maith, arsa Gúgaí
leis féin, ach is
BREÁ liom a bheith
ag tochailt
sa chré.

Cad a dhéanfaidh Gúgaí?

Ababú, a Ghúgaí!

Tá Anraí ar ais.
"Fáilte romhat, a Anraí!
Is deas tú a fheiceáil!"

"Ababú, a Ghúgaí! Cad atá déanta agat?
TÁ PRAISEACH déanta agat den áit...

"Agus in ainm Chroim, conas d'éirigh
leat cáca IOMLÁN a ithe?"

Dúirt mé go mbeinn go maith,
arsa Gúgaí leis féin.
Bhíos ag súil go mbeinn go maith,
ach ní mar a shíltear a bhítear.

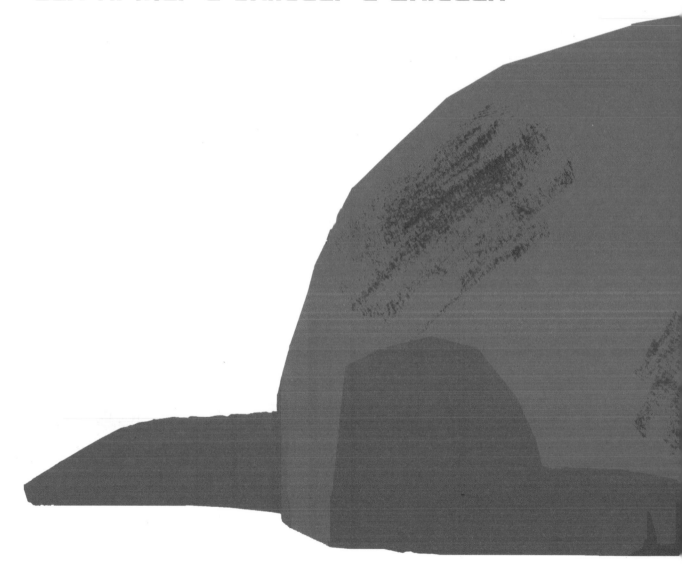

Cad a dhéanfaidh Gúgaí?

"Tá brón orm," arsa Gúgaí.
"Ba mhaith liom an bréagán is fearr liom
a thabhairt duit."

"Go raibh míle maith agat,
a Ghúgaí!" arsa Anraí.
"Seo linn amach ag siúl,
cad déarfá?"

Ar fheabhas! Is breá le Gúgaí a bheith amuigh faoin aer. Tá an oiread sin rudaí le feiceáil agus le déanamh.

Ó bhó! Tá cáca feicthe ag Gúgaí. An íosfaidh sé é?

Ní íosfaidh.
Siúlann Gúgaí
caol díreach ar aghaidh.
Maith thú, a Ghúgaí!

Feiceann Gúgaí
carn deas cré.
An bhfuil sé chun
tochailt bheag
a dhéanamh?

Níl.
Maith thú,
a Ghúgaí!

Ní bhacann Gugaí le Cat.
Tá iontas ar Chat.
Nach ait é sin anois!

Tá boladh
an-spéisiúil ann.
Cad a bheadh ann?

Bosca bruscair. Bruscar an rud is
deise ar domhan, dar le Gúgaí.

Cad a dhéanfaidh Gúgaí?

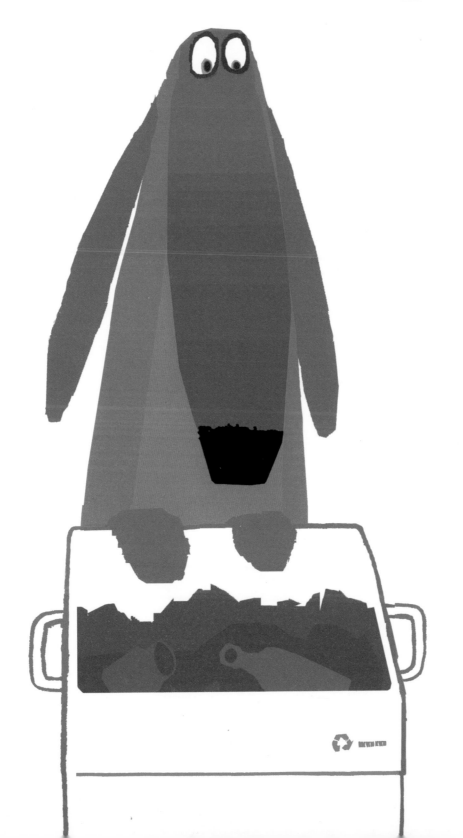

A Ghúgaí?

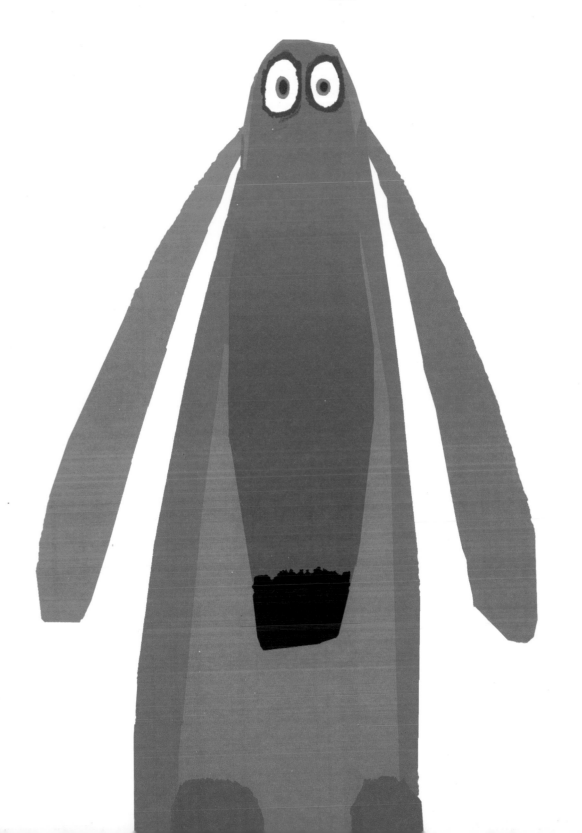